Eve Zvichanzi Nyemba

Look Within – Aus voller Seele

Ausgewählte Gedichte
in Englisch und Deutsch

Mit einem Vorwort von
Silvia Petzke

Aus dem Englischen von
Bettina Weiss

Das Vorwort wurde im Rahmen des Seminars „Afrikanische Literatur er-lesen und er-schreiben“ im Sommersemester 2008 unter der Leitung von Prof. Flora Veit-Wild (Humboldt Universität zu Berlin) geschrieben.

Zeichnungen: Amy Laidlaw
Titelbild: Amy Laidlaw
Umschlaggestaltung: PR Design, Bammental
Druck und Bindung: Digital Print Group, Erlangen
Lektorat: Heike Brillmann-Ede

ISBN 978-3-9810798-6-9

Printed in Germany

www.kalliope-paperbacks.de

To Mum and Dad.

Thanks for being you!

VORWORT

Es geht um so viel mehr als nur um das Schreiben. Die Autorinnen aus Simbabwe wollen endlich eine Stimme haben, wollen gehört werden, ausdrücken, was ihnen seit viel zu langer Zeit auf der Seele brennt. Sie schreiben über ihr Leben als Frau in einer immer noch patriarchalisch geprägten Gesellschaft, über Leid, Schmerz, Angst und Kummer, über Hoffnung, Mut und ihre Visionen. Auch die Gedichte von Eve Zvichanzi Nyemba sprechen aus, worüber lange Zeit Schweigen herrschte.

Öffentlich wahrnehmbar sind schreibende Frauen in Simbabwe erst seit relativ kurzer Zeit. Das Verlagswesen in Simbabwe begann, sich in den 1950er Jahren zu entwickeln, jedoch waren weibliche Autorinnen bis in die Siebziger fast völlig vom Literaturbetrieb ausgeschlossen. Bis zur Unabhängigkeit 1980 stieg die Zahl der Publikationen zwar deutlich an, trotzdem wurden fast ausschließlich von Männern geschaffene Werke verlegt. Wenngleich die Publikationsrate von Frauen nach 1980 weiter anstieg, müssen Autorinnen auch heute noch große Skepsis überwinden, bevor ihre Texte von Verlagen akzeptiert werden.

Die 1990 gegründete Organisation der Zimbabwe Women Writers (ZWW) bietet schreibenden Frauen in Simbabwe ein Forum zum Austausch von Ideen und Erfahrungen. Sie gibt ihnen Halt und die Möglichkeit, sich literarisch weiterzuentwickeln. Denn auch nach der Erlangung der Unabhängigkeit steht der weiblichen Bevölkerung trotz Ansätzen zur Gleichberechtigung der Zugang zu Wissen und Bildung nicht immer offen. Diejenigen, die eine Richtung einschlagen, die von der Mehrheitsgesellschaft nicht akzeptiert wird, werden mitunter sozial stigmatisiert. Dies trifft für Ledige ebenso zu wie für Künstlerinnen und andere „unkonventionelle" Frauen. Auch um diesen marginalisierten Teil der Bevölkerung zu unterstützen und gegen gängige negative Frauenbilder anzukämpfen, wurden Organisationen wie die ZWW gegründet. Bereits international bekannte Autorinnen wie Tsitsi Dangarembga und Yvonne Vera haben mit ihren Werken einen wichtigen Beitrag zum Sensibilisierungsprozess in Bezug auf die Geschlechterrollen geleistet.

Seit ihrer Gründung haben die ZWW schon eine beachtliche Zahl von Anthologien veröffentlicht – in den drei in Simbabwe gesprochenen und geschriebenen Sprachen Schona, Ndebele und Englisch.

Die politische Situation unter Präsident Mugabe macht jedoch das Fortbestehen und die Entwicklung der Organisation nicht eben leicht. Geldgeber haben sich aus dem Land zurückgezogen, um ihr Nichteinverständnis mit der simbabwischen Politik deutlich zu machen, was finanzielle Einbußen und Engpässe hervorgerufen hat. Treffen der Frauen werden zudem als oppositionelle Initiative missverstanden.

Auch Eve Zvichanzi Nyemba ist aktives Mitglied der Zimbabwe Women Writers. Sie wurde 1981 in Chinhoyi, Simbabwe, geboren. Zusammen mit vier Geschwistern wuchs sie bei ihren Eltern auf und besuchte die örtliche Schule, bevor sie an die St. Albert's High School in Centenary, einer kleinen Stadt im Norden, kam und zu ihrem Onkel zog. Anschließend studierte sie zunächst Politik und Verwaltung an der University of Zimbabwe in Harare. Nach ihrem Bachelor-Abschluss führte sie ihr Studium mit einem Master im Fach Internationale Bezie-

hungen fort. Heute lebt Nyemba in Harare, der Hauptstadt Simbabwes, und arbeitet für die International Business School.
Ihr literarisches Schaffen umfasst Lyrik ebenso wie Romane und Kurzgeschichten, wobei sie sich meist auf die moderne und die traditionelle afrikanische Gesellschaft bezieht. Ihre Texte und Gedichte werden im *Zimbabwe Women Writers Newsletter* und in der Monatszeitschrift *Moto Magazine* veröffentlicht und von ihr selbst regelmäßig bei literarischen Veranstaltungen im Book Café in Harare vorgetragen.

In ihrem Gedichtband *Look Within – Aus voller Seele* werden brisante Themen wie Unterdrückung und Gewalt thematisiert.

„When Silence Speaks“ entführt uns in die Welt einer Frau, die am Ende ihrer Kräfte, am Ende ihres Seins, am Ende ihres Selbst ist. Ihre Ohnmacht und völlige Resignation erhalten durch die quirligen Ratten und all das Ungeziefer, das sich ihres Heims bemächtigt, eine bedrückende Intensität.

Nyemba benutzt expressive Bilder und starke Kontraste, ein Charakteristikum ihrer Gedichte. Sie braucht keine geschraubten Worte, keinen stilistischen Firlefanz und keine gequälten Metaphern. Ihr genügt eine für alle verständliche Sprache, eine Sprache, die niemanden ausschließt. Sie schreibt in klaren Worten klare Verse, die gerade ob ihrer Schnörkellosigkeit mitreißen.

„Hidden Images“ berührt einen nicht frauenspezifischen Themenkomplex. Es geht um ihren Kontinent, ihr Afrika, das sie liebt und das sie gleichzeitig verzweifeln lässt. Sie klagt die einseitige (westliche) Berichterstattung an, die ihre Heimat immer nur von der dunklen Seite zeigt, und fordert endlich eine Stimme, die anders ist, die keine Katastrophen, sondern Fortschritt, keine Ausbeutung, sondern Chancen, keine Verzweiflung, sondern Hoffnung spiegelt. Appelle wie in diesem Gedicht tauchen bei Nyemba oft auf; in ihnen mischen sich die große Wut und der brennende Wille nach einer Änderung der Verhältnisse, sei es im feministischen oder globalen Kontext. Sie spricht ihre tatsächlichen und potenziellen Mitstreiter an, ruft zum Wandel und Widerstand auf, hält andere dazu an, das ewige Schweigen zu durchbrechen und laut zu werden, die Ungerechtigkeiten herauszuschreien, sich endlich Gehör zu verschaffen.

Und dann wieder mahnt sie zur Besinnung auf sich selbst, auf das Innere, die eigene Kraft: „Look Within" – schau nach innen, wenn alle anderen über dich lachen, schau nach innen, wenn Träume von deinen Mitmenschen zertrampelt werden, schau nach innen, wenn du an der Welt zu zerbrechen drohst. In Momenten größter Verzweiflung rät Nyemba zur Rückkehr zu sich selbst, in das tiefste Innere, um neue Energie zu schöpfen.

Das Themenspektrum ihrer Verse umfasst viele Bereiche. Sie schreibt über Armut, Schönheit, Treue und Verlust, Verrat und Verzeihen, über die Liebe und das Glück. Ihre Sprache fesselt, ihr Ton reißt mit, ihre kraftvollen Bilder faszinieren.

Eve Zvichanzi Nyemba hat Träume. Sie kann Vorbild sein für die vielen Frauen, die die Hürde in ihrem Kopf, die sie am Schreiben hindert, noch nicht überwunden haben. Sie kann Anstoß dafür sein, starre Überzeugungen zu überdenken und zu ändern.

Ihre Lyrik ist für alle Leserinnen und Leser ein Geschenk.

Silvia Petzke

When Silence Speaks

When Silence Speaks

Her tired eyes
look into distances far away.
Her parched lips
speak a tale only they know.
Her tongue remains glued
thick to the roof of her mouth.
Only her silence speaks.

Ashen,
crumpled heap.
So she sits by the dying fire.
Her swollen legs begging for mercy.
Two dry streams grace her lined face.
They speak a tale only they know.

Rats run gleefully past her.
Today she won't chase after them.
The strength she once had is gone.
They rejoice gleefully.

Cockroaches roam through the empty house.
The house with broken windows.
The house with rags lying – everywhere.
The silent house.

Beredtes Schweigen

Ihre kraftlosen Augen
blicken in weite Ferne.
Ihre verdorrten Lippen
erzählen eine Geschichte,
von der nur sie wissen.
Ihre Zunge bleibt dick
an der Decke des Mundes kleben.
Nur ihr Schweigen spricht.

Aschfahl,
ein zerknittertes Häufchen.
So sitzt sie am sterbenden Feuer.
Ihre geschwollenen Beine
betteln um Gnade.
Zwei getrocknete Ströme
zieren ihr gezeichnetes Gesicht.
Sie erzählen eine Geschichte,
von der nur sie wissen.

Ratten huschen heiter an ihr vorbei.
Heute wird sie sie nicht verjagen.
Ihre Kraft, die sie einst hatte,
hat sie verlassen.
Sie feiern ausgelassen.

Kakerlaken wandern durch das leere Haus.
Durch das Haus mit den zerbrochenen Scheiben.
Durch das Haus voller Lumpen – überall.
Durch das stille Haus.

He comes in the afternoon heat
to find her motionless form
lying beaten in the scorching sun.
The rats give him a joyful welcome,
the crickets sing a song
she can no longer sing.
She tries to sit up,
but the effort is too much.
He stretches his long hands,
but hers are too tired.
She collapses.
A heap of silence.

Who needs to talk
when silence alone is enough?
Who needs to talk
when silence can speak?

He carries her bruised form away,
away form the beast
who calls himself a man.

Her silence has spoken,
but it is not enough.
She must speak out!

Er kommt in der Hitze des Nachmittags,
findet ihren erstarrten Körper
in der erbarmungslosen Sonne – geschunden.
Die Ratten empfangen ihn freudig,
die Zikaden singen ein Lied,
das sie nicht länger singen kann.
Sie will sich aufrichten,
doch vergebens.
Seine schlanken Hände greifen nach ihren,
aber ihre sind zu erschöpft.
Sie fällt in sich zusammen.
Ein Häufchen Schweigen.

Warum sprechen,
wenn das Schweigen genügt?
Warum sprechen,
wenn das Schweigen spricht?

Er trägt ihren misshandelten Körper fort,
fort von der Bestie,
die sich selbst Mann nennt.

Beredtes Schweigen,
doch das allein genügt nicht.
Sie ist es, die sprechen muss!

If Tomorrow Never Comes

If tomorrow never comes
if today never ends
if yesterday was just a dream
then your image
would be imprinted in my mind.
It would stick to my senses
like molten lava.
For how could I forget
your frenzied cries of agony?

How could I forget?
The look that said it all?
The look of hopelessness?
The anguished pain on your face?
How could I forget that look?
It haunts me.

I am like a woman in labour.
Beyond pain,
beyond comfort.
If tomorrow never comes
if today never ends
if yesterday was just a dream
then my yearning would be with you.
You deserve the best.
You deserve justice.
You deserve respect.

Girl Child!

Wenn Morgen niemals kommt

Wenn Morgen niemals kommt,
wenn Heute niemals endet,
wenn Gestern nur ein Traum war,
würde sich dein Anblick
in mein Gedächtnis einprägen,
würde es mit meinen Empfindungen
verschmelzen wie flüssige Lava.
Denn wie könnte ich
deine qualvollen Schreie vergessen?

Wie könnte ich vergessen
den Blick, der alles besagte,
den Blick der Hoffnungslosigkeit,
den angsterfüllten Schmerz in deinem Gesicht?
Wie könnte ich vergessen diesen Blick?
Er verfolgt mich.

Ich bin wie eine Frau in Wehen.
Jenseits des Schmerzes,
jenseits des Behütetseins.
Wenn Morgen niemals kommt,
wenn Heute niemals endet,
wenn Gestern nur ein Traum war,
dann wäre meine Sehnsucht mit dir.
Du verdienst das Beste.
Du verdienst Gerechtigkeit.
Du verdienst Respekt.

Mein Mädchen!

True Greatness

True greatness
lives in the heart of the believer.
True beauty
is in the eyes of the beholder.
True valour
lies in the ordinary warrior
who goes the extra mile.

True success
belongs to big shots
who started small.
True victory
is deserved by the persistent fellow.

True discipline
comes from crucified habits.
True virtue
evolves from dying to self.
True adulation
grows from brokenness.

True wealth
goes to the one
who had an idea,
who believed in self
when the world didn't.

WAHRE GRÖßE

Wahre Größe
wohnt im Herzen des Gläubigen.
Wahre Schönheit
liegt im Auge des Betrachters.
Wahrer Mut
findet sich in dem einfachen Krieger,
der noch einen Schritt weiter geht.

Wahrer Erfolg
gehört den großen Tieren,
die klein begannen.
Wahrer Triumph
gebührt dem ausdauernden Gefährten.

Wahre Disziplin
entspringt gekreuzigten Gewohnheiten.
Wahre Tugend
entsteht aus Demut.
Wahre Bewunderung
wächst aus Zerrissenheit.

Wahrer Reichtum
fließt demjenigen zu,
der eine Idee hatte,
der an sich selbst glaubte,
als es die anderen nicht taten.

True excellence
cloaks those
who have fallen
many times
and risen again.

Wahre Stärke
schützt diejenigen,
die schon oft gefallen
und immer wieder aufgestanden sind.

HIDDEN IMAGES

I see images on CNN.
Images on Sky News.
Images on BBC.
Images on News24.

I see images of destruction.
Images of mayhem.
Images of chaos.
Images of Africa.

I see images of disease.
Images of war.
Images of starvation.
Images of Africa.

I see images of a distorted history.
Images of a generation lost.
Images of a stolen tomorrow.
Images of Africa.

Give me a chance.
Give me a platform.
And I will show you hidden images.
Images of flowing oil.
Images of rising Masters.
Images of precious stones.
Images of Africa.

Verborgene Bilder

Ich sehe Bilder auf CNN.
Bilder auf Sky News.
Bilder auf BBC.
Bilder auf News24.

Ich sehe Bilder der Zerstörung.
Bilder der Verstümmelung.
Bilder des Chaos.
Bilder von Afrika.

Ich sehe Bilder von Krankheiten.
Bilder des Krieges.
Bilder des Verhungerns.
Bilder von Afrika.

Ich sehe Bilder einer verzerrten Geschichte.
Bilder einer verlorenen Generation.
Bilder eines gestohlenen Morgen.
Bilder von Afrika.

Gebe mir eine Chance.
Gebe mir ein Podium.
Und ich zeige dir die verborgenen Bilder.
Bilder von fließendem Öl.
Bilder aufstrebender Herren.
Bilder kostbarer Steine.
Bilder von Afrika.

Africa is not a scar
on the conscience of the world.
Africa is not a continent lost.

Someone, anyone.
Give me a chance.
Give me a platform.
And I will show you hidden images.
Images of a rising generation.
Images of an emerging giant.
Images of Africa.

Afrika ist keine Narbe
im Bewusstsein der Welt.
Afrika ist kein verlorener Kontinent.

Jemand, egal wer,
gebe mir eine Chance,
gebe mir ein Podium.
Und ich zeige dir die verborgenen Bilder.
Bilder einer aufstrebenden Generation.
Bilder eines neu entstehenden Riesen.
Bilder von Afrika.

ECSTASY

A worm pricks its head from the mud.
It wriggles and sucks in fresh air.
Freedom at last!
Freedom from the cold dark dungeon.
Freedom from forgetfulness
and gloominess
into the inviting sunshine,
into a life new and compelling!

It writhes like a parasitic worm.
Taking, taking,
and taking.
Growing into an enigma.
A delicacy for the flying predators,
a nuisance to the ground rulers.
Then lying as if dead.
Waiting for a life new and compelling.

The butterfly flaps its wings
majestically,
gliding up and down,
so beautifully,
showcasing its coat of colours
magnificently.
The hope of today.
The future of tomorrow.
The ecstasy many long for.

FREUDENTAUMEL

Ein Wurm reckt seinen Kopf aus dem Schlamm,
windet sich heraus und atmet frische Luft.
Endlich frei!
Dem kalten, dunklen Verlies entschlüpft.
Dem Vergessen und der Düsterheit entkommen,
sich den einladenden Sonnenstrahlen
entgegenräkelnd,
hinein in ein neues, unwiderstehliches Leben!

Er krümmt sich wie ein parasitärer Wurm,
ein Nimmersatt.
Entwickelt sich zu einem Rätsel.
Zu einer Delikatesse für die Verfolger der Lüfte,
zu einem Ärgernis für die Herrscher am Boden.
Dann verharrend, wie tot,
wartet er auf ein neues, unwiderstehliches Leben.

Der Schmetterling schlägt
majestätisch mit den Flügeln,
gleitet auf und nieder,
so wunderschön,
und zeigt seine großartige Farbenpracht.
Die Hoffnung von Heute,
Die Zukunft von Morgen,
Der Freudentaumel, den viele ersehnen.

If only we could learn from the butterflies.
If only we could tap into their eloquence,
then life would be worth living.
Each moment a memory.
Each moment an ecstasy!

Könnten wir doch nur
von den Schmetterlingen lernen,
könnten wir doch nur
von ihrer Gewandtheit lernen,
dann wäre das Leben lebenswert.
Jeder Moment eine Erinnerung.
Jeder Moment ein Freudentaumel!

Man Child

His shoulders are hunched,
his steps falter.
The load on his head
drains him from reason.

A screaming baby greets him.
Its wails echo into the silence
of the setting sun.
Sour porridge enters his mouth.
Its screams are muffled.
But not its spirit.
The porridge runs out of its mouth.

The baby yells with all its might.
The medicine fails to silence it.
The cooing fails to smoulder its cries.
He fails to deliver comfort.
Only sleep can.

The water boils in a rage.
He adds leaves to it.
Impatient, he eats them half raw.
He collapses to the cold floor.
Sleep eludes him.

Er ist doch noch ein Kind

Seine Schultern sind vornübergebeugt,
seine Schritte straucheln.
Die Last auf seinem Kopf
bringt ihn um den Verstand.

Ein schreiendes Baby begrüßt ihn.
Sein Klagen hallt in der Stille
der untergehenden Sonne wider.
Saurer Brei dringt in seinen Mund,
dämpft seine Schreie,
beruhigt jedoch nicht seine Seele.
Der Brei rinnt ihm aus dem Mund.

Das Baby schreit mit aller Kraft.
Die Medizin ist machtlos.
Die Liebkosung mildert seine Schreie nicht.
Er kann keinen Trost spenden.
Nur der Schlaf kann es.

Das Wasser brodelt zornig.
Er fügt Blätter hinzu.
Ungeduldig isst er sie halb roh.
Er bricht auf dem kalten Boden zusammen.
Der Schlaf entzieht sich ihm.

How can he find comfort
when all that he had is gone.
When he has become a father before his age.
When his parents have succumbed
to the pandemic.
How can he find comfort.
How can he.
How –
He is just a Child!

Wie kann er Trost finden,
wenn alles, was er hatte, verloren ist.
Wenn er, noch unmündig, Vater geworden ist.
Wenn seine Eltern der Seuche erlagen.
Wie kann er Trost finden.
Wie kann er.
Wie –
Er ist doch noch ein Kind!

It lurks in the Dark

It lurks in the dark,
leaping,
dancing.
It walks stealthily,
calculatingly,
silently.
Hoping to achieve its goal.
A goal established since time immemorial.

It inflicts with pain.
It lashes out disease
and cooks up discontent.
It sows the seeds of destruction.
Inflicting generations and generations.

It is a mighty stronghold.
A strong fortress.
One can find comfort in it
if it stays long enough.
It is difficult to break free from it.
It is difficult to grow.
It rules the mind.
It reigns supreme.

Sie lauert im Dunkeln

Sie lauert im Dunkeln,
sprungbereit,
tänzelnd.
Sie bewegt sich verstohlen,
berechnend,
leise.
Sie hofft, ihr avisiertes Ziel zu erreichen.
Ein Ziel, das vor ewigen Zeiten
gesetzt wurde.

Sie fügt Schmerzen zu,
teilt Krankheiten aus,
köchelt Unzufriedenheit.
Sie sät die Samen der Zerstörung,
von Generation zu Generation.

Sie ist eine wuchtige Bastion.
Eine mächtige Festung.
Man kann in ihr Trost finden,
wenn sie lange genug bleibt.
Es ist schwer, sich von ihr zu lösen,
schwer, zu wachsen.
Sie steuert die Gedanken.
Sie herrscht über alles.

Rebel against it O'Africa.
Turn against it O'India.
O'Middle East refuse to be dismayed.
Rebel, I say, rebel!

Rebel O'Africa.
My soul cries for you,
for your children.
Rebel, I say, rebel against poverty!

Steh auf, Afrika.
Steh auf, Indien.
Nahost, weigere dich zu verzagen.
Steh auf, sage ich,
steh auf!

Steh auf, Afrika.
Meine Seele weint um dich,
um deine Kinder.
Steh auf, sage ich,
kämpfe gegen die Armut!

Where are the Wise Men

Where are the wise men
as the beast devours the children?
Where are the mighty men of valour
as the nation is torn apart?
Where are the able-bodied women
who can stand with the tired men?
Someone answer!
I say,
where are they?

Where are the wise men
as prices rage like a roaring lion?
Where are the planners
as inflation spirals out of control,
as the exchange rate plummets
deep into the depths of despair?
As Zimbabwe suffers.
I say,
where are they?

Where are the think tanks,
where the geniuses of this world?
Have they become extinct
like the dinosaurs?
Or are they sleeping
like Sleeping Beauty?
Have they taken a walk
deep in the carcasses of yonder?
Or maybe they are at a feast?

Wo sind die weisen Männer

Wo sind die weisen Männer,
während die Bestie die Kinder verschlingt?
Wo sind die mächtigen, charismatischen Männer,
während die Nation auseinanderfällt?
Wo sind die fähigen Frauen,
die mit den müden Männern Seite an Seite stehn?
So antworte doch jemand!
Ich frage:
Wo sind sie?

Wo sind die weisen Männer,
während die Preise
wie ein brüllender Löwe davonjagen?
Wo sind die Planer,
während die Inflation
sich ins Unermessliche schraubt,
während der Wechselkurs
tief in den Abgrund der Verzweiflung stürzt?
Während Simbabwe leidet.
Ich frage:
Wo sind sie?

Wo sind die Think Tanks,
wo die Genies dieser Welt?
Ausgestorben wie die Dinosaurier?
Oder schlafen sie wie Dornröschen?
Sind sie auf einem Spaziergang
ins Innere der fernen Trümmer?
Oder vielleicht auf einem Fest?

I say,
where are they?

Perhaps they have gone to the *indaba*[1]
to ponder some more?
Or perhaps they are dead?
Yes, I think they are all dead.
'Cause if they were alive,
a solution for Zimbabwe
would have been found by now.

---

[1] meeting

Ich frage:
Wo sind sie?

Vielleicht gingen sie zur *indaba*[1],
um weiter zu grübeln?
Oder vielleicht sind sie tot?
Ja, ich glaube, sie sind alle tot.
Denn wären sie noch am Leben,
Simbabwe hätt' man inzwischen
vom Leiden befreit.

---

[1] Versammlung

RUINS

Once a beauty,
now a ruin.
Once a monument,
now a dungeon.
Once a hero,
now a drudge.
Once perfect,
now crooked.

Once awesome,
now debilitating.
Once gratifying,
now disenchanting.
Once thriving,
now deteriorating.

Once steadfast,
now capricious.
Once a centre of rotation,
now austere.
Once a habitat,
now a wasteland.

Once rulers,
now slaves.
Once victors,
now the conquered.
Once abounding,
now desolate.

TRÜMMER

Einst eine Schönheit,
jetzt Schutt.
Einst ein Denkmal,
jetzt Verlies.
Einst ein Held,
jetzt Knecht.
Einst perfekt,
jetzt gebeugt.

Einst ehrfurchterweckend,
jetzt lähmend.
Einst sinnenfreudig,
jetzt ernüchternd.
Einst florierend,
jetzt verfallend.

Einst unerschütterlich,
jetzt launenhaft.
Einst Mittelpunkt aller Bewegung,
jetzt erschöpft.
Einst Lebensraum,
jetzt Ödland.

Einst Herrscher,
jetzt Sklaven.
Einst Sieger,
jetzt Besiegte.
Einst üppig,
jetzt trostlos.

Forgotten city,
forgotten people,
forgotten treasure,
— in ruins!

Raise your banners!
Raise your faith!
Raise your courage!
Raise your strength!
Rebuild the ruins!
Rebuild our heritage!

Vergessene Stadt,
vergessene Menschen,
vergessener Schatz
— in Trümmern!

Zieht die Banner hoch!
Habt Vertrauen!
Nehmt all euren Mut zusammen!
Und eure Stärke!
Baut die Trümmer wieder auf!
Und unser Erbe!

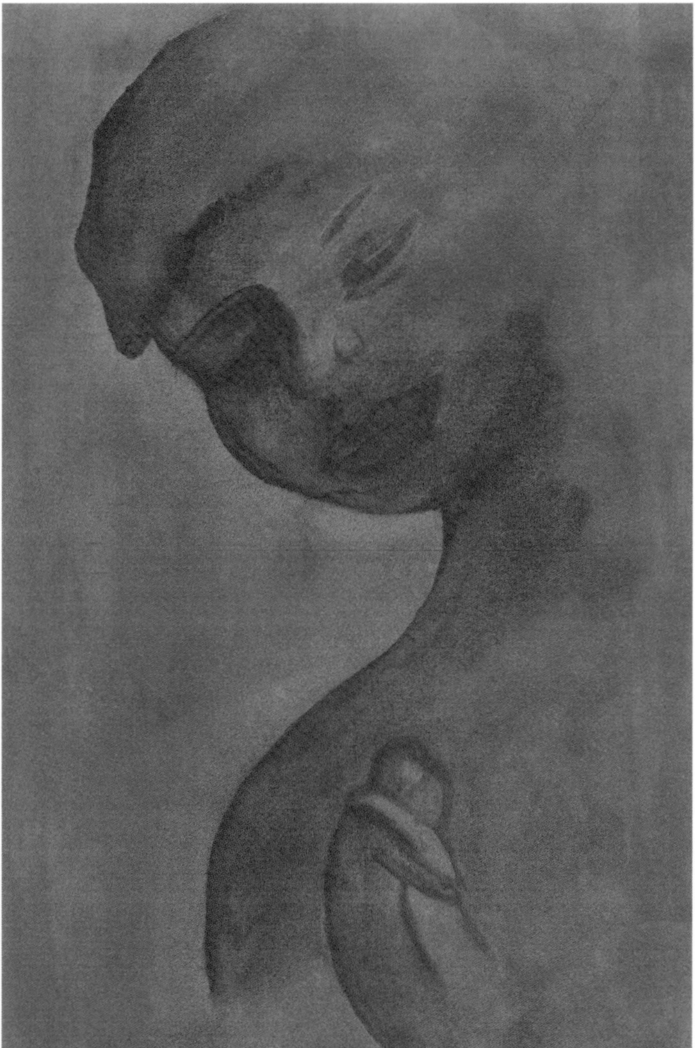

Secret Places

Look Within

When strength fails you,
when tears drown you,
when the world laughs at you,
when you are all alone:
Look within
and find peace.
Look within
and find love.
Look within
and find hope.

Don't look outside.
The pounding rain will distress your spirit.
It will choke your creativity.
Your boldness will be challenged
until you cannot venture out.

When your ideas seem foolish,
when your dreams seem unachievable,
when the heights are too high
and the heat too much to ignore:
Look within
and find trust.
Look within
and find that still voice.

Aus voller Seele

Wenn die Kraft dich verlässt,
wenn die Tränen dich ertränken,
wenn die Welt dich auslacht,
wenn du ganz allein bist:
Erspüre es aus voller Seele
und finde Frieden.
Erspüre es aus voller Seele
und finde Liebe.
Erspüre es aus voller Seele
und finde Hoffnung.

Schaue nicht nach draußen.
Der heftige Regen wird deine Seele quälen,
deine Kreativität lähmen.
Deine Kühnheit wird herausgefordert,
bis du nichts mehr riskieren kannst.

Wenn deine Ideen verrückt,
deine Träume unerreichbar,
die Höhen zu hoch gesteckt erscheinen
und du dich der Hitze nicht mehr entziehen kannst:
Erspüre es aus voller Seele
und finde Vertrauen.
Erspüre es aus voller Seele
und finde diese stille Stimme in dir.

Don't look aside.
They will overtake you.
They will ridicule you.
They will snatch away your dream –
In an instant.

When you seem alone
faith is with you.
When you seem beaten
faith will lift you up.
When there seems to be no answer:
Wait!
Look within
and find faith.

Schaue nicht zur Seite.
Sie werden dich sonst überholen.
Sie werden dich sonst verhöhnen.
Sie werden sonst deinen Traum stehlen –
im Nu.

Wenn du das Gefühl hast, allein zu sein,
ist Hoffnung in dir.
Wenn du geschlagen scheinst,
wird Zutrauen dich aufrichten.
Wenn es scheint, als gebe es keine Antwort:
Warte!
Erspüre es aus voller Seele
und finde Zuversicht.

I AM BEAUTIFUL

I am fearfully and wonderfully made.
I am ruddy and comely in appearance.
My hair is like the dust of the earth,
its colour, the sand of the sea,
its height, but an inch.
No, I don't need fake hair.

My ears are crowns to my head.
My nose is the epicentre of my face.
My chin is in its right place.
No thanks to a face lift.

My breasts are small to suit my size.
Small to fit my height.
No, they don't need to be enlarged.

My skin is coffee-brown.
A captivating golden tan
passed from generation to generation.
No thanks to *Ambi*[1].

I am fearfully and wonderfully made.
I was known before I was in my mother's womb.

---

[1] skin lightener

Ich bin schön

Ich wurde geschaffen,
ehrfürchtig und wunderbar.
Ich bin jung und bewege mich anmutig.
Mein Haar ist wie der Staub der Erde,
es hat die Farbe des Sandes am Meer,
und es ist gerade mal einen Zoll lang.
Nein, ich brauche keine künstlichen Haare.

Meine Ohren sind die Krone auf meinem Kopf.
Meine Nase ist das Epizentrum meines Gesichts.
Mein Kinn ist genau an der richtigen Stelle.
Nein danke, ich brauche kein Facelift.

Meine Brüste sind klein,
passend zu meiner Statur.
Klein, damit sie zu meiner Größe passen.
Nein, sie müssen nicht vergrößert werden.

Meine Haut ist kaffeebraun.
Sie hat einen verführerisch goldenen Teint,
vererbt von Generation zu Generation.
Nein danke, ich brauche kein *Ambi*[1].

Ich wurde geschaffen,
ehrfürchtig und wunderbar.
War schon bekannt, bevor ich im Mutterleib ruhte.

---

[1] Hautaufhellende Creme

No, I don't need cheap antics
to distort my identity.

No one is as beautiful as me
because no one looks like me.
I am beautiful.

Nein, ich muss keine Possen treiben,
um meine Identität zu entstellen.

Niemand ist so schön wie ich,
denn ich bin einzigartig.
Ich bin schön.

Image

[1] Coveted Image

With lightening speed
an image forms in my mind.
Like an imprint
it sticks to my senses.
This image of you.
This image of me.

Past incidents court my mind;
the waiting future taking me
to foreign places.
The present resides in my eyes
travelling journeys you have known,
stepping into places unknown,
becoming what you have known,
what you are,
what you will be.

Burned forever in my mind
is this created image,
this precious image,
this image of you,
of me,
of us,
this coveted image,
the image of what I will be.

Bild

[1] Begehrtes Bild

Mit Lichtgeschwindigkeit
formt sich ein Bild in meinem Kopf.
Einem Abdruck gleich,
prägt es sich meinem Verstand ein.
Dieses Bild von dir.
Dieses Bild von mir.

Vergangenes umspielt meine Erinnerungen.
Die verheißungsvolle Zukunft nimmt mich mit
an unbekannte Orte.
Das Jetzt weilt in meinen Augen
und bereist Pfade, die du kanntest,
betritt unentdeckte Räume,
wird zu dem, was du kanntest,
was du bist,
was du sein wirst.

Für immer eingebrannt in mein Gedächtnis
ist dieses erschaffene Bild,
dieses wertvolle Bild,
dieses Bild von dir,
von mir,
von uns,
dieses begehrte Bild,
dieses Bild, das ich sein werde.

[2] DISCARDED IMAGE

Like an eagle flying majestically,
like a buck panting for water,
like a lion lying in wait for an antelope,
so have the years flown by.
And so has this image,
this image of you.
This coveted image.

Once desired,
now loathed.
Once a bright future,
now past.
Once an idol,
now an impediment.

Let me taste my own world,
travel my own journeys,
write my own stories.
You have lived your life.
Let me live mine too.
Through the eyes of an adolescent
I see my future.
Different.
Bright.

I no longer covet your image, Mother.
I have grown up.

[2] VERWORFENES BILD

Wie ein Adler, der majestätisch fliegt,
wie eine Antilope, die nach Wasser lechzt,
wie ein Löwe, der einer Gazelle auflauert,
so vergingen die Jahre.
Und so auch dieses Bild,
dieses Bild von dir.
Dieses begehrte Bild.

Einst ersehnt,
jetzt überholt.
Einst eine vielversprechende Zukunft,
jetzt Vergangenheit.
Einst ein Vorbild,
jetzt ein Hemmschuh.

Lass mich von meiner eigenen Welt kosten,
meine eigenen Reisen machen,
meine eigenen Geschichten schreiben.
Du hast dein Leben gelebt.
Lass mich meines leben.
Mit den Augen einer jungen Erwachsenen
sehe ich meine Zukunft.
Anders.
Schillernd.

Ich begehre dein Bild nicht länger, Mutter.
Ich bin erwachsen.

I am discarding the image.
Don’t cry, Mother.
I have grown up.
I’m gonna be all right.

Ich trenne mich von deinem Bild.
Weine nicht, Mutter.
Ich bin erwachsen.
Mir wird's schon gut gehn.

[3] BROKEN IMAGE

I remember
the agony in your eyes.
I remember
the pain in your voice.
I remember
the anguish on your face.
Yes, I remember.

I remember my arrogance.
I remember my ignorance.
I remember my annoyance.
Yes, I remember.

I remember your wisdom.
I remember your reason.
I remember your caution.
Yes, I remember.

I remember
discarding our coveted image,
violating our mutual trust.
Thinking I was wise in my own eyes.
I cry tears of remembrance.
I now know.

[3] ZERSTÖRTES BILD

Ich erinnere mich
an das Leid in deinen Augen.
Ich erinnere mich
an den Schmerz in deiner Stimme.
Ich erinnere mich
an die Qual auf deinem Gesicht.
Ja, ich erinnere mich.

Ich erinnere mich an meine Arroganz.
Ich erinnere mich an meine Ignoranz.
Ich erinnere mich an meine Verärgerung.
Ja, ich erinnere mich.

Ich erinnere mich an deine Weisheit.
Ich erinnere mich an deine Vernunft.
Ich erinnere mich an deine Vorsicht.
Ja, ich erinnere mich.

Ich erinnere mich,
unser begehrtes Bild verworfen,
unser gegenseitiges Vertrauen verletzt zu haben.
Ich dachte, weise zu handeln.
Ich vergieße Tränen der Erinnerung.
Ich weiß es jetzt.

I now know
that those who reject wisdom,
court disaster.
I now know
that I didn't know then.

Take me in your arms, Mama.
I cannot bear to look.
The broken image mocks me.
I'm sorry, Mama.
I didn't know.

I didn't know
that a man can be a brute.
I didn't know
that life's challenges need
a strong woman.
I didn't know.

I turned a deaf ear
when you spoke.
I remember.
Yes, I remember.
Don't cry, Mama.
It's my fault.

Ich weiß jetzt,
dass diejenigen,
die die Weisheit zurückweisen,
das Unheil hofieren.
Ich weiß jetzt,
was ich damals nicht wusste.

Nimm mich in deine Arme, Mama.
Ich ertrage es nicht, hinzuschauen.
Das zerstörte Bild verspottet mich.
Es tut mir leid, Mama.
Ich wusste es nicht.

Ich wusste nicht,
dass ein Mann so brutal sein kann.
Ich wusste nicht,
dass die Herausforderungen des Lebens
eine starke Frau erfordern.
Ich wusste es nicht.

Ich verschloss meine Ohren,
als du sprachst.
Ich erinnere mich.
Ja, ich erinnere mich.
Weine nicht, Mama.
Es ist meine Schuld.

Secret Places

The secret places of my mind
lodge in the threshold of my heart.
The secret places of my heart
exist in the corridors of love.
The secret places of my love
live in you.

The secret places of my countenance
mirror who I am.
The secret places of my thoughts
unveil who I will become.
The secret places of my soul
reveal where my rest is.

The secret places of my success
are in the fervent pursuit of my dreams.
The secret places of my inner peace
are in the attitude I take toward life's challenges.
The secret places of true beauty
live in absolute love.

The secret places of my happiness
rest in the smiles I put on other people's faces.
The secret places of my destiny
reside in the achievement of my goals.

Die geheimen Orte

Die geheimen Orte meines Verstandes
liegen an der Schwelle meines Herzens.
Die geheimen Orte meines Herzens
finden sich in den Schluchten der Liebe.
Die geheimen Orte meiner Liebe
leben in dir.

Die geheimen Orte meines Antlitzes
spiegeln wider, wer ich bin.
Die geheimen Orte meiner Gedanken
verraten, wer ich einmal sein werde.
Die geheimen Orte meiner Seele
offenbaren, wo ich Ruhe finde.

Die geheimen Orte meines Erfolges
liegen im eifrigen Streben meiner Träume.
Die geheimen Orte meines inneren Friedens
beruhen darin, wie ich mein Leben anpacke.
Die geheimen Orte wahrer Schönheit
schöpfen aus bedingungsloser Liebe.

Die geheimen Orte meiner Freude
finden sich in den Gesichtern derer,
die ich zum Lächeln bringe.
Die geheimen Orte meiner Bestimmung
liegen im Erreichen meiner Ziele.

The secret places of my true self
are in my smile,
my heart, my soul.
Welcome to the secret places.

Die geheimen Orte meines wahren Ichs
ruhen in meinem Lächeln,
meinem Herzen, meiner Seele.
Sei willkommen an den geheimen Orten.

Grand City

GRAND CITY

Bodies swinging rhythmically,
dresses barely covering bottoms.
Perfume mingling with sweat.
    Click, click, cluck.
The sound of heels.
    Click, click, cluck.
The tarred road announcing their arrival.

Painted faces rushing forward,
dim lights creating a new world.
– Red, blue, orange.
They glow as bodies swing
up and down.
It's live fast
and die young.
It's live for now
and worry later.
It's immediate gratification.
Tomorrow may never come.

The car is moving lackadaisically,
mocking the bustle of the night.
It plods patiently.
It's noisy, it's dark.
It's hunting time.

DIE PRÄCHTIGE STADT

Körper wiegen sich im Rhythmus,
Kleider verdecken kaum den Hintern.
Parfüm vermischt sich mit Schweiß.
    Klick, klick, klack.
Das Geräusch von Absätzen.
    Klick, klick, klack.
Die geteerte Straße verkündet ihre Ankunft.

Geschminkte Gesichter eilen vorüber,
schummrige Lichter erschaffen eine neue Welt.
— Rot, Blau, Orange.
Sie glühen, während Körper schwingen
auf und nieder:
lebe schnell
und sterbe jung,
liebe jetzt
und sorg' dich später —
nur schneller Lustgewinn.
Vielleicht kommt Morgen nie.

Der Wagen bewegt sich träge,
verspottet das Getümmel der Nacht.
Er rollt schwer, geduldig.
Es ist lärmig, es ist dunkel.
Es ist die Zeit der Jagd.

Willingly she enters,
invited by the hissing sound.
He stuffs notes in her greedy hands.
Her avaricious eyes appreciate
as the car moves to the city centre.
The script is acted as before.

The grand city invites.
The grand city consumes.
The grand city.
The grand Sunshine City.
Harare.

Bereitwillig steigt sie ein,
angelockt durch das Zischeln.
Er drückt Scheine in ihre gierigen Hände.
Ihre berechnenden Augen wissen es zu schätzen,
als der Wagen sich Richtung Zentrum bewegt.
Es läuft immer nach dem gleichen Skript.

Die prächtige Stadt lädt ein.
Die prächtige Stadt zehrt auf.
Die prächtige Stadt.
Die prächtige *Sunshine City*.
Harare.

MYSTERIOUS CAVES

Waters so still.
Waters so deep.
Waters so silent.
Waters so appealing.

Still waters run deep.
Deep waters seem silent.
Silent waters mesmerise.
Appealing waters tempt.
Oh, how they tempt.
But they deceive.
Beware how far you go.

Waters flowing in mysterious caves.
In dark caves.
Footprints everyone fits.
Oh, mysterious caves
what secret do you hide?

You fascinate,
tantalise and dazzle the mind.
What will it take to unfold
your mystery?
What will it take to solve
the puzzle?

Geheimnisvolle Höhlen

Wasser so still.
Wasser so tief.
Wasser so leise.
Wasser so verführerisch.

Stille Wasser sind tief.
Tiefe Wasser wirken leise.
Leise Wasser faszinieren.
Verführerische Wasser locken.
Oh, und wie sie locken.
Aber sie blenden.
Achte darauf, wie weit du gehst.

Wasser fließen
in geheimnisvolle Höhlen.
In dunkle Höhlen.
Fußstapfen, in die wir alle passen.
Oh, ihr rätselhaften Höhlen,
welches Geheimnis hütet ihr?

Ihr fasziniert,
reizt und verwirrt den Verstand.
Was bedarf es,
um euer Geheimnis zu lüften?
Was bedarf es,
um das Rätsel zu lösen?

Oh, mysterious caves!
Oh, majestic caves!
Oh, magnificent caves!
Oh, Chinhoyi Caves[1]!
Your secret lodges in your heart!

---

[1] Northwest of Harare lies the *Chinhoyi Caves National Park*. The main feature of the stalactite caves is the *Wonder Hole* which falls for about 50 metres to the surface of a very deep cavern of water, the *Sleeping Pool.* The cave is part of a larger underground waterway whose true extent is still unknown.

Oh, ihr geheimnisvollen Höhlen!
Oh, ihr majestätischen Höhlen!
Oh, ihr prachtvollen Höhlen!
Oh, ihr Chinhoyi-Höhlen[1]!
Euer Geheimnis liegt in eurem Innern verborgen!

---

[1] Nordwestlich von Harare liegt der *Chinhoyi Caves Nationalpark*. Hauptattraktion der Tropfsteinhöhlen ist das *Wonder Hole*. Etwa 50 Meter steigt man hinab und trifft dort auf einen sehr tiefen See, dem *Sleeping Pool*. Dieser See ist nur ein winziger Teil eines bislang noch unerforschten, unterirdischen Wasserreservoirs.

Plump Lies

Sleek Man

He is tall, dark and handsome.
He walks like the first-born of the world.
He is bold and daring.
His steps are ordered and steady
and he wears that sleek smile.
Who can resist him?

His lips drip honey.
His pockets never run dry.
His eyes are only for you.
Who can resist him?

His eyes speak of love.
His mouth confesses trust.
His flattery makes you
the queen who reigns supreme in his heart.

But wait till your belly swells,
wait till your feet are heavy,
wait till the morning sickness comes
and the wheezing cough catches you.

His eyes become blank
like the eyes of a ghoul.
His smile turns into a snarl.
His words become drawn swords,
his pockets empty.
Beware of the sleek man.
His love only lasts a while.

Mann ohne Makel

Er ist groß, dunkel und gutaussehend.
Er hat den Gang des Erstgeborenen der Welt.
Er ist kühn und furchtlos.
Seine Schritte sind gemessen und fest,
und auf seinem Gesicht liegt dieses gewinnende Lächeln.
Wer kann ihm widerstehen?

Von seinen Lippen tropft Honig.
Seine Taschen sind immer reich gefüllt.
Seine Blicke gelten nur dir.
Wer kann ihm widerstehen?

Seine Augen sprechen von Liebe.
Sein Mund verspricht Vertrauen.
Seine Schmeicheleien machen dich zur Königin,
die unangefochten sein Herz regiert.

Aber warte nur, bis dein Bauch sich wölbt,
warte, bis deine Füße schwer werden,
warte, bis die Übelkeit am Morgen
und der keuchende Husten nach dir greifen.

Seine Augen werden leer
wie die Augen eines Ghuls.
Sein Lächeln verwandelt sich in ein Knurren.
Seine Worte werden zu gezückten Schwerter,
seine Taschen leer.
Nehme dich in Acht vor dem Mann ohne Makel.
Seine Liebe ist nur von kurzer Dauer.

THE TRUTH HAS BECOME A LIE

Like the mist they come,
like vapour they disappear.
Unfulfilled.
Untamed.
Untouched.
Forgotten dreams.

Where is the promised paradise,
where is the land of abundance,
the place of unquenched happiness
where undying loyalty rests?

Praises have turned into insults.
Paradise into hell.
A loving smile
exchanged for brutal fists and boots.

This is not what you promised.
This is not what I wanted.
Forgotten promises,
forgotten truths,
forgotten dreams
make up your love.
The truth has become a lie.

Die Wahrheit wurde zur Lüge

Wie Nebel steigen sie empor,
wie Dampf lösen sie sich auf.
Unerfüllt.
Unbezähmt.
Unberührt.
Zerronnene Träume.

Wo ist das versprochene Paradies,
wo das Land des Überflusses,
der Ort des unstillbaren Glücks,
wo unsterbliche Treue ruht?

Lob wurde zur Beleidigung.
Das Paradies zur Hölle.
Ein liebevolles Lächeln
wurde abgelöst
von brutalen Fäusten und Stiefeln.

Das ist nicht das,
was du mir versprochen hast.
Das ist nicht das,
was ich wollte.
Vergessene Versprechen,
verschollene Wahrheiten,
verwehte Träume
sind das Fundament deiner Liebe.
Die Wahrheit wurde zur Lüge.

YOU THINK!

You think you've got it all.
You think you've got him
wrapped under your finger nails.
You think his world revolves around you.
You think he belongs to you.

You think I can evaporate like mist,
dry like dew,
disappear like a magician,
change form like the weather.
Here is a wake-up call:
I am here to stay!

You might wear his ring,
but his heart belongs to me.
He might come home to you everyday,
but I enjoy the greater share of his time.
He might pay all the bills,
but I get to spend his money on luxuries.
You might live in a mansion,
but he prefers my single quarters.

He runs to me like a child,
seeking the mother he never had.
He turns to me,
seeking the warmth he never finds in you.
He comes to me,
seeking your love which has turned cold.

DU DENKST

Du denkst, du hast es geschafft.
Du denkst, du hast ihn
um deinen Finger gewickelt.
Du denkst, seine Welt dreht sich nur um dich.
Du denkst, er gehört dir.

Du denkst, ich löse mich auf wie Nebel,
trockne wie Tau,
verschwinde wie ein Zauberer,
verändere mich wie das Wetter.
Hör mir gut zu:
Ich bin hier, um zu bleiben!

Du magst seinen Ring tragen,
aber sein Herz gehört mir.
Er mag jeden Tag zu dir nach Hause kommen,
aber mir widmet er die meiste Zeit.
Er mag die Rechnungen zahlen,
aber für mich gibt es Luxusartikel.
Du magst in einer Villa leben,
aber meine Junggesellinnenbude zieht er vor.

Er kommt zu mir gelaufen, wie ein Kind,
auf der Suche nach der Mutter, die er nie hatte.
Er wendet sich an mich,
sucht die Wärme, die er bei dir nie findet.
Er kommt zu mir,
auf der Suche nach deiner Liebe, die erloschen ist.

His tired, lonely and agonised eyes
beg for my comfort and solace.
He is tired of the fighting.

He can no longer bear your frenzied yelling.
He can no longer fulfil his promises.
To him nothing matters anymore.
So into my welcome arms he comes.
Seeking a semblance of sanity.
But not finding it.
Because he knows: I will destroy him.
And then you.
And everything he holds dear.

It's not my fault.
I'm just a *small house*[1].
And I care nothing for him and you.
And everyone else.

---

[1] *small house* is a Zimbabwean expression describing an extra-marital affair. It usually describes girlfriends of a married male.

Er ist müde, einsam,
und seine gequälten Augen betteln
um mein Mitleid und meinen Trost.
Er ist des Kampfes müde.

Er hält dein wahnsinniges Geschrei nicht mehr aus.
Er kann seine Versprechen nicht länger halten.
Ihm ist alles egal.
In meine offenen Arme legt er sich
und sucht nach so etwas wie Vernunft.
Doch er findet sie nicht,
denn er weiß: Ich werde ihn zerstören.
Und dann dich.
Und all das, was ihm lieb ist.

Es ist nicht meine Schuld.
Ich bin nur ein *small house*[1].
Er und du seid mir egal.
Und alle anderen auch.

---

[1] *small house* (Häuschen) ist ein simbabwischer Ausdruck, der eine außereheliche Beziehung beschreibt. Üblicherweise wird er für die Freundinnen eines verheirateten Mannes benutzt.

Your Time is Up!

You think you own me.
You think I'm your doormat.
You think you can trample all over me.

You think you are God's gift to womankind.
You think the world owes you love and respect.
You think I am your loyal slave.

You think you are untouchable,
unquestionable,
indispensable,
unstoppable.

You think our home is your kingdom.
You think you have total dominion over me.
You think I should pay total allegiance to you.
Never raise my head.
Never tell it like it is.

You think you can subdue me
with your fist.
You think you can kill my spirit
with your insults.
You think you can scare me
out of the home
we struggled to build.
You think she can take my place.
You think your kingdom will reign forever.

Deine Zeit ist abgelaufen!

Du denkst, du besitzt mich.
Du denkst, ich bin dein Fußabstreifer.
Du denkst, du könntest auf mir herumtrampeln.

Du denkst, du bist ein Geschenk Gottes für die Frauen.
Du denkst, alle Welt müsste dich lieben, respektieren.
Du denkst, ich bin deine ergebene Sklavin.

Du denkst, du bist unberührbar,
immer im Recht,
nicht zu ersetzen,
nicht aufzuhalten.

Du denkst, unser Haus ist dein Reich.
Du denkst, du beherrschst mich vollkommen.
Du denkst, ich schulde dir absolute Treue.
Würde meinen Kopf niemals heben.
Niemals sagen, wie es wirklich ist.

Du denkst, deine Faust bringt mich zum Schweigen.
Du denkst, deine Beleidigungen töten meine Seele.
Du denkst, du kannst mich verjagen
aus unserm gemeinsam erbauten Heim.
Du denkst, sie kann meinen Platz einnehmen.
Du denkst, dein Königreich währt ewig.

Wake up, sleeping beast –
It's payback time!
Mangai Aye Azokuzvimbira.[1]
Your time is up.
Your kingdom has crumbled.

The Domestic Violence Bill
has set me free.
It has liberated my mind.
You will now treat me
with the respect I deserve.
Your kingdom has indeed crumbled.

---

[1] Swords are drawn against you.

Wach auf, du schlafende Bestie –
Es ist Zahltag!
Mangai Aye Azokuzvimbira.[1]
Deine Zeit ist abgelaufen.
Dein Königreich zerfällt.

Das Gesetz gegen die häusliche Gewalt
verleiht mir Flügel.
Es hat meinen Geist befreit.
Du wirst mich nun mit dem Respekt behandeln,
den ich verdiene.
Dein Königreich zerfällt, fürwahr.

---

[1] Die Schwerter sind gegen dich gerichtet.

Of All the Beautiful Things

Of all the beautiful things
only one thing strikes me the most with awe.
Of all the beautiful things
only one thing brings joy to my soul.
Of all the beautiful things
only one thing appeals to me.

It is not money.
Neither is it majesty,
fame or pride.
It is not an earthly possession.
It is freely given.
To be treasured and experienced by everyone.
This thing is called love.
The most beautiful,
precious,
amazing
gift of all gifts.

Most beautiful
because when in love,
people glow with life, joy and happiness.
Most precious
because few experience it.
Most amazing
because it brings peace, security and harmony.
That is why of all the beautiful things
love is the greatest.

Von Allen Schönen Dingen

Von allen schönen Dingen,
erfüllt mich nur eines mit Ehrfurcht.
Von allen schönen Dingen,
erfreut nur eines meine Seele.
Von allen schönen Dingen,
fesselt mich nur eines.

Es ist nicht das Geld,
noch sind es Erhabenheit,
Ruhm oder Stolz.
Es ist kein weltlicher Besitz.
Es wird gegeben,
auf dass es jeder schätze und erfahre.
Man nennt es Liebe –
das schönste,
wertvollste,
unvergleichlichste
Geschenk aller Geschenke.

Das Schönste,
weil verliebte Menschen
vor Leben, Freude und Glück erstrahlen.
Das Wertvollste,
weil sie nur wenige entdecken.
Das Unvergleichlichste,
weil sie Frieden, Sicherheit und Harmonie bringt.
Deshalb ist die Liebe das Schönste
von allen schönen Dingen.

Plump Lies

[1] Consumed

As you peruse this note,
your mind is probably reeling that
my tactics match those of a prostitute.
You are probably wondering
how many men have enjoyed
the comfort of my arms.
Your mind, no doubt,
is racing at a zillion miles an hour
trying to contemplate the meaning of it all.

What I am expressing
is all I feel for you.
What your mind is registering
comes from the deepest recesses of my being.
These lines were sewn together
with a raging passion
which is threatening to engulf me.
Believe me,
I need to tell you this.
I need to bring out
this depth of feeling which is surging
through my very soul.

PLATTE LÜGEN

[1] AUFGEZEHRT

Während du dies aufmerksam liest,
taumelt dein Verstand,
denn meine Raffinesse
gleicht der einer Prostituierten.
Du wunderst dich wahrscheinlich,
wie viele Männer schon
ich mit tröstenden Armen umfangen habe.
Gewiß rast dein Verstand
unzählige Meilen pro Stunde
in dem Versuch, dies alles zu begreifen.

Alles was ich bezeuge,
ist das, was ich für dich empfinde.
Was dein Verstand wahrnimmt,
kommt aus den tiefsten Winkeln meines Wesens.
Diese Zeilen wurden in stürmischer
Leidenschaft gefügt,
in verzehrender Leidenschaft,
die droht, mich vollkommen zu verschlingen.
Glaube mir,
ich muss es dir sagen.
Ich muss sie enthüllen,
diese starken Gefühle,
die in meiner Seele branden.

The norm would be to await your approach.
But I must confess,
the prolonged time would be a horror
which I would never be able to endure.
It would be a story I would never live to tell.
It would tear me apart.
No, I cannot wait!
Time is of the essence!

My love for you,
which has been growing rapidly,
is beginning to override all my thoughts.
I ought to be ashamed of myself.
But, man, I have to admit,
I live for your sight everyday!

I know being in love with me,
would be such a forbidden rendezvous!
But the need to consummate our love
has become to me
like the raging vortex of a dust devil.
It disorients me,
I cannot fend it off.
I am totally consumed.
I will not rest till you are mine.

Der Anstand verlangt,
auf deine Annäherung zu warten.
Ich muss jedoch gestehn,
dass das Warten ein Grauen wäre,
das ich niemals aushalten könnte.
Es wäre eine Geschichte,
die ich zu meinen Lebzeiten nie erzählen könnte.
Es würde mich zerreißen.
Nein, ich kann nicht warten!
Die Zeit drängt!

Meine Liebe für dich,
rasend schnell ist sie gewachsen,
verjagt all meine Gedanken.
Ich sollte mich schämen.
Aber, Mann, ich gebe zu,
dass ich jeden Tag nur für deinen Anblick lebe!

Ja, mich zu lieben
wäre ein solch' verbotenes Verlangen!
Doch der Drang, unsere Liebe zu besiegeln,
wurde für mich zu etwas,
das dem reißenden Wirbel eines Staubteufels gleicht.
Er macht mich kopflos.
Ich kann ihn nicht vertreiben.
Er zehrt mich vollkommen auf.
Ich werde nicht eher ruhen,
bis du mir gehörst.

[2] Confessions

My heart rages through my body.
Relentlessly.
The beat grows louder and louder each moment.
Oh the silence!
It's deafening!
Only the merciless thumping of my heart.
Guilt has robbed me of any joy.
It sticks to me like molten lava.
If only I could sleep away
the misery writhing inside me
like a parasitic worm.

My pulse hammers:
Cheater! Cheater! Cheater!
Seventy-two times a minute,
four-thousand-three-hundred-and-twenty times an hour!
My blood sings of my betrayal.
My heart collapses, expands,
brutally,
in a cyclic rhythm of pain.
It besieges me,
never to set me free.

Nothing can ever alleviate my misery.
I will to wipe my mind insensible with alcohol.
But my sorrows and guilt
are bound together
as tightly as barbed wire and fence post.
I cannot push them away.

[2] Geständnisse

Mein Herz wütet in meinem Körper.
Unerbittlich.
Sein Schlag wird lauter und lauter, mit jedem Augenblick.
Oh, diese Stille!
Sie ist ohrenbetäubend!
Nur das gnadenlose Schlagen meines Herzens.
Schuldgefühle haben mich jeglicher Freude beraubt.
Sie kleben an mir wie flüssige Lava.
Wenn ich doch nur schlafend
dem Elend entfliehen könnte,
das durch meinem Körper kriecht,
wie ein parasitärer Wurm.

Mein Puls hämmert:
Betrüger! Betrüger! Betrüger!
Zweiundsiebzig Mal die Minute,
Viertausenddreihundertundzwanzig Mal die Stunde!
Mein Blut besingt meinen Verrat.
Mein Herz schrumpft, weitet sich,
kaltblütig,
Schmerzen in ewigem Kreislauf.
Er nimmt mich in Beschlag,
lässt mich nicht mehr frei.

Nichts kann mein Elend jemals lindern.
Ich muss meinen Verstand in Alkohol ertränken,
doch meine Sorgen und meine Schuld
sind so fest miteinander verbunden,
wie der Stacheldraht mit einem Zaunpfahl.

Oh my love,
my soul sings:
Confess! Confess! Confess!

How you found out,
is a mystery which defies reason!
Brace yourself darling,
'cause there is more to tell.

Honestly, how do I tell the woman I love?
That behind her back,
her very back,
there was another woman?

All those times
I claimed I was working late –
Guess what?
You guessed right.
Fiona, that's her name.
She is carrying my child!
How can I explain,
that I barely even know her
and that you are the one,
who holds the keys to my heart?

Ich kann sie nicht verdrängen.
Oh, meine Liebe,
meine Seele singt:
Gestehe! Gestehe! Gestehe!

Wie du es herausgefunden hast,
ist ein Rätsel,
das jeglicher Vernunft trotzt!
Wappne dich, mein Liebling,
denn es gibt noch mehr zu erzählen.

Im Ernst: Wie kann ich es der Frau,
die ich liebe, sagen?
Dass es hinter ihrem Rücken,
direkt hinter ihrem Rücken,
eine andere Frau gab?

Jedes Mal,
wenn ich sagte,
ich würde bis spät arbeiten –
Rate mal, was da tatsächlich geschah?
Ja, genau,
Fiona heißt sie.
Sie trägt mein Kind in sich!
Wie kann ich es erklären,
dass ich sie kaum kenne
und dass du diejenige bist,
die den Schlüssel zu meinem Herzen
in den Händen hält?

[3] SHOULD I TAKE HIM BACK?

My blood boils with rage.
My mind churns your treachery.
And my heart, oh, my heart,
threatens to pop out my bosom!
Brain and mouth have indeed freezed!
My eyes bore into yours
without mercy, without love.
A dark read hot anger,
seethes inside me,
bubbling,
boiling.
It is tangible,
a living thing.
As tangible as my blood and bones.
The apathy still has its hold on me.
But beware!
It's indeed like that of a boa constrictor.

A chill runs down my spine.
Every moment I think of her.
She moves gracefully,
like a ballet dancer.
A point in her favour.
But her eyes, those eyes …

She has an odd-shaped head,
almost misshapen.

[3] SOLL ICH IHM VERZEIHEN?

Mein Blut kocht vor Wut.
Mein Verstand wühlt sich durch deinen Verrat.
Und mein Herz, oh mein Herz,
es droht mir aus dem Leib zu springen!
Mein Gehirn und mein Mund sind erstarrt!
Meine Augen bohren sich in deine,
ohne Gnade, ohne Liebe.
Eine dunkelrote, zerstörende Wut,
kocht in mir,
brodelt,
schäumt!
Sie ist zu greifen,
ein Lebewesen,
spürbar wie mein Blut und meine Knochen!
Die Trägheit hält mich noch gefangen.
Doch sei auf der Hut!
Es ist die Trägheit einer Königsschlange.

Mir läuft ein Schauer über den Rücken.
Ständig muss ich an sie denken.
Sie bewegt sich anmutig,
wie eine Balletttänzerin.
Das spricht für sie.
Aber ihre Augen, diese Augen …

Sie hat einen seltsam geformten Kopf,
fast ist er missgebildet.

The kindest description of her face
would be a cadaverous square.
Her nose curves downward
over her upper lip.
It reminds me of an evil parrot!
Not a lot of intelligence, I guess.
And her eyes,
God help me!
They somehow remind me of a cow's.

How could you have missed it, darling?
You indeed have a macabre sense of taste.
You should have seen,
she is the mulish type.
Hard as nails to put it mildly.
Whatever lured her to you
has indeed escaped my imagination.
Oh dear,
you should have known better!

To know that she is pregnant
with your child,
multiplies my thirst for vengeance,
a hundredfold,
making it greater than my death wish.
My heart pounds against my rib cage,
like a blacksmith's hammer.

How did I find out?
You dare to ask!
You became careless,
coming home with traces
of cheap lipstick on your collar,

Um es höflich zu sagen,
gleicht ihr Gesicht einem ausgemergelten Quadrat.
Ihre Nase krümmt sich über ihre Oberlippe.
Sie erinnert mich an einen bösartigen Papagei!
Vermutlich ist sie nicht besonders intelligent.
Und ihre Augen,
Gott steh mir bei!
Sie erinnern mich an die einer Kuh.

Wie konnte dir das nur entgehen, Liebling?
Du hast wirklich einen grotesken Geschmack.
Hättest erkennen müssen,
dass sie aussieht wie ein störrischer Esel.
Eigensinnig, gelinde gesagt.
Was auch immer dich zu ihr gelockt hat,
ich kann es nicht begreifen.
Ja, mein Lieber,
du hättest es besser wissen müssen!

Zu wissen, dass sie schwanger ist,
von dir,
vergrößert meinen Hunger nach Vergeltung
ums Hundertfache.
Er ist größer als mein Todeswunsch.
Mein Herz hämmert gegen meinen Brustkorb
wie der Hammer eines Schmieds.

Wie ich es herausfand, wagst du zu fragen?
Du bist unvorsichtig geworden,
bist nach Hause gekommen
mit Spuren von billigem Lippenstift am Kragen,

smelling the wrong perfume,
walking in a stupor,
mumbling the wrong name.

The question rings in my head:
Should I take him back?
After what he did to me?

hast nach dem falschen Parfüm gerochen,
bist benommen umhergelaufen,
hast den falschen Namen gemurmelt.

Immerzu kreist in meinem Kopf
die gleiche Frage:
Soll ich ihm verzeihen?
Nach allem, was er mir angetan hat?

[4] POINT OF DEPARTURE

Do not avenge,
it is mine to pay back.
Let not the day pass
in your anger,
lest you sin.
Judge not
for the measure you give
is the measure you get.
Forgive as you would like to be forgiven.

Humble yourself, woman!
For those who exalt themselves
I surely lower them
to the depths of hell.

Four things I hate:
A lying tongue,
a proud look,
a covetous eye,
and most of all treachery.

I have heard your cries of anguish.
I have seen the injustice
you have suffered.
Despair not, my child.
I will surely seek out your pursuer.

[4] Tag der Vergeltung

Räche dich nicht,
denn es liegt an mir, es zurückzuzahlen.
Lass den Tag nicht in Wut vorbeiziehen,
aus Angst, du könntest sündigen.
Richte nicht,
denn in dem Maße, wie du austeilst,
wird es auf dich zurückfallen.
Vergib, wie dir vergeben werden soll.

Bescheiden sollst du sein, Weib!
Denn die, die sich selbst verherrlichen,
werde ich in die Tiefen der Hölle schicken.

Es gibt vier Dinge,
die ich hasse:
Eine lügende Zunge,
einen überheblichen Blick,
ein lüstern schauendes Auge.
Am meisten aber hasse ich Verrat.

Ich habe deine Schmerzensschreie gehört.
Ich habe die Ungerechtigkeit gesehen,
unter der du gelitten hast.
Verzweifle nicht, mein Kind.
Ich werde deine Rivalin aufspüren.

I will make her barren
and loveless.
No man will go after her charms.
Her lovers will surely revolt against her.

Neglect and want
shall be her sure companions.
She will bring forth no child,
hers will be a still birth.
She will know no happiness
to her death.

Dogs will devour her flesh
and the birds of the air
will feed on her eyes.
Her naked form will be a horror
which no one will dare to bury.

Ich werde sie unfruchtbar machen,
ungeliebt soll sie sein.
Kein Mann wird ihren Reizen erliegen.
Ihre Liebhaber werden sich gegen sie wenden.

Verwahrlosung und Verlangen
werden ihre täglichen Gefährten sein.
Sie wird keine Kinder zur Welt bringen,
ihr jetziges wird tot geboren werden.
Sie wird keine Freude erleben
bis zu ihrem Tod.

Hunde werden ihr Fleisch verschlingen,
und die Vögel werden sich an ihren Augen laben.
Ihr nackter Körper wird ein Grauen sein,
und niemand wird wagen, ihn zu begraben.

At My Word

Since time immemorial
have I lived.
Since the ancient of days
have I reigned.
At my word,
the earth rushes
hither and thither.
At my command,
the earth sleeps and slumbers.

I am the beginning.
I am the end.
No one can subdue me.
No one can take my place.

I make the rules.
I choose the path.
I lead the way.
I set the pace.
I dictate the course of events.
I have the final say.
I live to reign.

Whether you like it or not,
whether you know it or not,
whether you accept it or not,
I can make you great or small.

Auf mein Wort

Seit ewigen Zeiten
lebe ich.
Seit Urzeiten
regiere ich.
Auf mein Wort
hetzt die Welt
hin und her.
Auf meinen Befehl
schläft die Erde und schlummert.

Ich bin der Anfang.
Ich bin das Ende.
Niemand kann mich bezwingen.
Niemand kann meinen Platz einnehmen.

Ich mache die Gesetze.
Ich wähle den Weg.
Ich gebe den Kurs vor.
Ich bestimme das Tempo.
Ich diktiere den Ablauf der Ereignisse.
Ich habe das letzte Wort.
Ich lebe, um zu gebieten.

Ob du es magst oder nicht,
ob du es weißt oder nicht,
ob du es akzeptierst oder nicht,
ich kann dich groß oder klein machen,
dich sogar in ein Nichts verwandeln.

Even make you nothing
depending on whether you recognise
and acknowledge my majesty,
depending on whether you
live up to my standards.
Obedience is not an option,
but an obligation.
Don't hate me.
That's the way I am.
I am just Time.

Es hängt davon ab,
ob du meine Macht würdigst
und akzeptierst.
Es hängt davon ab,
ob du mir gerecht wirst.
Gehorsam ist keine Option,
er ist Pflicht.
Hasse mich nicht.
So bin ich eben.
Ich bin nur – die Zeit.

Weitere Titel von kalliope paperbacks*:*

Anne Schuster

Begegnung mit einer Vergessenen

212 S., geb. mit Lesebändchen

Roman

ISBN 978-3-9810798-3-8

Anna lebt im heutigen Kapstadt und schreibt Briefe in die Vergangenheit an ihre Urgroßmutter Maria. Dabei stößt sie bei ihrer Ahnenforschung in den Archiven auf ein lang verschwiegenes Familiengeheimnis. Mehr und mehr wird Anna durch die Umstände, die dazu geführt haben, Maria in die Psychiatrie abzuschieben, in ihren Bann gezogen.

Fakten und Fiktion beginnen sich in Annas und Marias Erzählungen zu vermischen, denn auch Marias Stimme ist zu hören. Gelähmt und stumm wandert sie im Geiste zurück und versucht herauszufinden, was sie ans Bett fesselte.

Kara Benson

Briefe aus Simbabwe

140 S., Broschur, bebildert

Roman in Briefen

ISBN 978-3-9810798-1-4

Ganz anders als in Norman Rushs Erzählungen Weiße *oder* Allein in Afrika, *in denen sich die Protagonisten in ihren Klagen über den Schmutz, die Langeweile und das von der Hitze verbrannte Land verlieren, Klagen, die ihnen jeglichen Optimismus und Lebensmut rauben, erlebt Kara ihr neues Zuhause voller Lebenskraft und subtiler Poesie. In Briefform schreibt sie an ihre Freundin Hannah über Ihre Erlebnisse – Beschwingt, kraftvoll, zuweilen mit bissiger Ironie.*

Nominiert für den LiBeraturpreis 2007:

Dianne Case

Nicht alles ist ein Zauberspiel

214 S., Broschur

Roman

ISBN 978-3-9810798-0-7

Auch in Südafrika gibt es die starken, schwachen und witzigen Frauen in der Literatur, wie sie seit Eva Heller, Hera Lind, Gaby Hauptmann und anderen zumindest in Deutschland als verlegerische Erfolgsrezepte gelten. Nach Marita van der Vyver und Rachelle Greeff, die die afrikaanssprachige Männerlandschaft aufmischten, begab sich Dianne Case ins Getümmel um Frauen mit viel Drive und einigen Defiziten.